KB116426

고독도 꽃이 핀다

고독도 꽃이 핀다

초판 1쇄   2023년 10월 25일
지은이   용혜원
펴낸이   김영재
펴낸곳   책만드는집
—
주소   서울 마포구 양화로3길 99, 4층 (04022)
전화   3142-1585·6
팩스   336-8908
전자우편   chaekjip@naver.com
출판등록   1994년 1월 13일 제10-927호
ⓒ 용혜원, 2023
—
ISBN   978-89-7944-849-8 (03810)

제97시집

고독도 꽃이 핀다

용혜원 시집

책만드는집

　시는 시인의 꿈이고, 삶이고, 삶의 전부이다. 시는 시인의 한이고, 고백이며, 일기이자 자서전이다. 시인은 삶을 시로 표현하기에 자유로워야 한다. 시인은 누가 뭐라 해도 자유롭게 시를 써야 한다. 시에 자신이 살아가는 모습을 그대로 담아야 한다. 그래야 독자들이 시에 공감하고, 감동하고, 좋아한다. 비로소 읽히는 시가 된다. 독자들의 취향이 각기 다르기에 좋아하는 시도 다르다. 시인과 독자의 마음도 각기 다르기에 다양한 시가 나와야 독자들의 사랑과 관심을 받는다. 독자들의 관심과 사랑 속에 시는 써지고 읽히는 것이다.

시를 쓰며 산다는 것은

시를 쓰며 산다는 것은
인생을 깨닫고 느끼고 안다는 것이다

사랑이 없다면
고독이 없다면
고난과 역경이 없다면 시를 쓸 수가 없다

나에게서 멀어져 간 것들
나에게 다가온 것들을
시로 쓴다는 것은
때로는 기쁜 일이고 때로는 가슴 아픈 일이다

자연을 노래하고
인생을 노래하고
삶과 죽음을 노래하고
사랑과 이별을 노래하며 시로 쓴다는 것은
얼마나 가슴이 저린 일인가

살아가면서 삶을 시로 쓰는
시인으로 산다는 것은
놀라운 기쁨이요 축복이다

2023년 가을
용혜원

2부 쓸쓸하고 외로운

3부 봄날 바라보는 섬진강

4부 새벽 꽃잎을 적시는 이슬처럼

5부　내 마음의 풍경 속에

1부

가을 거리에 내리는 비

가을 거리에 내리는 비

낙엽이 떨어진
가을 거리에
추적추적 가을을 적시며 내리는 비

낙엽이 가을비에 젖어
하나둘 안녕을 인사하고
빗물에 떠내려가자
가을도 떠나려고 마음먹고 있다

가을비 속에서도
색깔이 선명하게 살아나는
가을 풍경에 취한다

가을비 내리는데
사람들은 우산 속에서
떠나는 가을을 이야기하고 있다

달의 숨바꼭질

넓고 높은 밤하늘 떠 있는 달이
짝도 없이 홀로 떠 있기
아주 심심한 모양이다

어느 날부터인가 보름달이 슬슬
하현달, 그믐달, 초승달,
상현달로 변해가면서
혼자서 숨바꼭질을 시작했다

나도 심심해서
보름달과 숨바꼭질 같이 하자고
손 흔들며 말해도
전혀 못 들은 척
아무 말도 하지 않는다

달이 숨바꼭질하는 밤
밤과 이야기를 나누면
어둠에 물든다

고독도 꽃이 핀다

가을이 오는 길
넓은 들판에
국화꽃 홀로 외롭게 피어난다

가을의 쓸쓸함에
고독도 꽃이 피고
깊은 가을에
고독도 익어가며 열매를 맺는다

가을에는
왠지 혼자 있고 싶어지고
고독이 자꾸 친구가 된다

국화꽃 향기에 젖어
한 잔의 커피를 마시면
그리움이 온몸에 가득하다

가을이 오는 길
국화꽃 홀로 외롭게 피어나고

고독도 꽃이 피어난다

보고픔에 견딜 수 없어
너를 만나러 가고 싶다

철새

철새는 홀가분하게 몸만 가지고
푸른 하늘을 한없이 날개 저으며
계절 여행을 떠난다

철새는 갖고 있는 소유가 없으니
마음 편하게 약속의 땅
기다리고 있는 땅으로
혼자가 아닌 무리가 되어
떠나는 여행이라 외롭지 않다

멀고 먼 거리지만 무리가 하나 되어
앞서거니 뒤서거니
서로 교대하며 힘을 내어 날아간다

이 얼마나 멋진 일인가
세상을 내려다볼 수 있는
하늘을 자유롭게 날 수 있다는 것

가진 것이 아무것도 없어도

홀가분하게 떠나는 여행
이 얼마나 편안하고 좋은가

하늘을 자유롭게 날며
자유롭게 여행을 떠나는 철새는
세상을 편하게 사는 방법을
오래전부터 터득하여 살고 있다

고통의 터널을 지나며

아픔과 시련이 꽉 깨물어
뼛골이 아프던
고통의 터널을 지나며
먹구름이 걷히듯 안도의 한숨을 쉰다

눈앞이 캄캄하고 아찔하고 고통스러워
벗어나려고 발버둥 칠 때
안타까움만 가슴에 쌓였다

고통의 두께가 더할수록
포기하고 싶고 그만두고 싶은
마음의 충동이 수없이 일어났지만
이겨내고 싶은 마음의 키가 커갔다

얼마나 소중한 삶인데
어떻게 살아 여기까지 왔는데
초라하게 끝내기가 싫어서
온 힘을 쏟고 이겨내려고 안간힘을 쏟았다

어느 사이에
고통의 터널을 지나면 이겨냈다는
기쁨이 찾아오는 걸 막을 수가 없다

바다의 마음

바다는 어떤 마음을 갖고 있을까
넓고 깊은 마음을 가졌다

바다의 넉넉한 마음에
몸집이 큰 고래부터 아주 작은 멸치까지
바다에서 자유를 누리며 살 수 있다

바다는 누가 찾아와도
환영하고 반기며 품속에서 살 수 있도록
마음껏 배려하여 주고 있다

헤엄 속도가 느린 거북이부터
춤추듯 유영하는 돌고래까지
쉼터와 놀이터와 안식처가 되어준다

바다에는 수많은 것들
조개, 소라, 해삼, 멍게, 전복, 해파리,
오징어, 꼴뚜기, 참치, 고등어, 갈치, 방어, 상어,
고래, 민어, 꼼장어, 다금바리, 벵에돔, 광어, 도미 등등

수많은 물고기와 바다 생물들이
바다의 깊고 넓은 마음속에서 살고 있다

조문

친구가 세상을 떠났다는
부고를 받고 서둘러서
발길을 재촉하여
대학 병원 장례식장으로 조문을 갔다

슬픔이 몰아쳐서 달려갔는데
영정 사진 속의 친구는 나를 보고
반갑다고 웃는다

세상에 태어나
나들이 온 것처럼 늘 즐겁게 살더니
싫증이 나서 하늘나라로 주소지를
일찍 옮겨서 기분이 좋은 모양이다

갑작스러운 죽음 소식에
가슴이 아팠는데
떠난 줄 알았던 친구가
아직도 내 가슴에 남아 있다

"친구야!
언제 한번 시간 내서 만나자
우리 커피 한잔 해야지!"

사소한 것들

우리는 작고 사소한 것들도
아주 중요하다는 것을 알아야 한다

눈짓 하나, 손가락질 하나, 말 한마디,
발길 하나, 웃음 하나, 친절 하나가
얼마나 놀라운 일들을
우리의 삶 속에서 만드는지 알아야 한다

작은 행동 하나가
때로는 한 사람의 운명까지
바꾸어놓을 수 있다

이슬방울 빗방울이 뭉쳐
시냇물이 되고 강물이 되고 바다가 된다
작은 모래알이 모여서
아름답고 넓은 해변을 만든다

낡은 신념은
아무리 그럴듯해도 강한 힘을 잃어

굳건하지 못하여 허물어진다

삶을 행복하게 만드는 마법은 없고
열심을 다하는 삶에 좋은 결실이 있다

아주 작고 사소해 보이는
작은 나눔, 작은 사랑,
작은 이해, 작은 배려,
작은 나눔부터 실천하여 나가는 것이다

삶의 순간순간마다

삶의 순간순간마다 너무나 좋고 아름다워
마치 영화의 한 장면
한 장 그림처럼 느껴질 때가 있다

보고만 있어도 아름다워서
한동안 발걸음을 멈추고 서서
보고 싶을 때가 있다

흐르는 강물
물이 떨어지는 폭포
눈이 와서 만든 하얀 산들의 풍경
단풍이 붉게 물든 산들이 아름답다

멋진 카페에서 밀려오는 파도를 보며
커피를 마실 때
케이블카를 타고 산과 호수와 폭포를 바라볼 때
아름답다

여행을 하다가

더 이상 가지 않아도 좋을 것 같은
아주 멋진 풍경을 만날 때도
해외에서 독특한 이국적인 풍경을 만날 때도
비워두었던 마음에 그려두고 싶다

우리가 만나는 아름다운 풍경이 많아야
추억 속에도 아름다움이 남는다

어렸을 때는

어렸을 때는
세상 잘 모르고 부족해
어른이 되면 잘 살 줄 알았다

시간이 흐르고
세월이 흘러 젊은이가 되었을 때
세상과 맞부딪치며 이겨내려고
몸부림치며 살았지만
세상은 살면 살수록 알다가도
모를 것이 많았다

나이가 들어 이마 주름이 생기고
얼굴에 검버섯이 피어나고
머리에는 하얗게 잔설이 내렸다

아직도 복잡다단한 세상 속에서
외인처럼 고독하게 살지 말고
삶의 여백을 찾아 삶을 즐기고
자유로움이 넘치게 살아야 한다

세월의 속도가 너무 빨라
어느 사이에 여기까지 왔다
황혼의 시절이 되었지만
인생의 일몰에 서서
노을처럼 빛나는 아름다운 황혼이 되고 싶다

거미줄

거미가 곡예를 하듯 쳐놓은
먹이사슬 거미줄에
정신없이 날아다니던 곤충이 걸려든다

별것 아닌 줄 알다가
빠져나가려고 살려고 몸부림을 치지만
이미 사망의 그물에 걸려들었다

멀찌감치 숨어서 살펴보던
거미가 쏜살같이 달려와서
걸려든 먹이를 통째로 거미줄 다시 감아
먹이로 삼아버린다

인간 세상 도처에도
보이지 않는 거미줄이 있다

뿔난 말들이 성난 발톱이 될 때
사정없이 물어뜯겨
보기 사납게 만신창이가 된다

이동 속도

사람들의 움직임이 하루하루
달라지는 것을 느낄 정도로 매우 빨라졌다

하루 종일 걸려야 오던 길을
몇 시간이면 갔다 오는 세상이 되었다

걸어서 살던 세상이 자전거 오토바이
자동차로 바뀌더니
기차가 고속철로 변하고
전 세계로 날아가는 비행기 등으로
점점 속도감이 빠르게 변했다

세상만 빠르게 변한 줄 알았더니
내 인생은 종착역을 향하여
더 빠르게 다가왔다

결정

삶 속에서 결정의 순간이
매우 중요하다
결정의 순간이 절묘하게
아주 잘 맞아야 한다

옳고 잘된 결정은
당신의 삶을 풍요롭고
즐거운 행복으로 인도하여 기쁨을 준다

그르고 잘못된 결정은
당신의 삶을 초라하고
처참한 불행에 빠뜨려 고통을 준다

결정의 순간은
아주 짧은 결단 속에 이루어지지만
운명을 바꾸어놓기도 한다

당신의 삶을 위하여
항상 올바른 결정을 할 수 있는

지혜로운 판단과
담대한 마음을 가져야 한다

당신의 삶을 결정하는 것은
바로 당신 자신이다

옷 벗은 나무

봄이면 나무들은 초록의 옷을 입고 꽃을 피운다
왜 나무는 추운 겨울이 다가오는
늦가을에 옷을 벗을까

헐벗은 몸으로 추운 겨울을 이겨내야
봄을 신나게 맞이하나 보다

겨울 내내 맨몸이던 나무는
여름 내내 초록의 찬란함을
몸으로 실감하며 서 있다

나무는 여름 내내 태양의 열기를
나무 속에 꼭 채워 넣는다

나무는 갈증을 이기려고 비가 올 때마다
물기를 빨아들여 촉촉하게 채운다

월동 준비를 한 나무는
한겨울 추위에도 모진 바람이 불어도
끄떡없이 잘 자란다

인생도 지나가면

꽃 피는 것도 한순간이다

찬란하게 피어나
온 세상을 화려하게 만들고
보는 사람마다
행복하게 만들고 환호하게 만들던
아름다운 꽃도 한순간에 지고 만다

세상을 떠들썩하게 만들던
위대한 삶도
수많은 사람들이 경외하고
손뼉 치던 권력의 자리도 한순간이다

인생도 지나고 나면
눈 깜짝할 사이처럼
한순간이다

혼자 남아 있을 때

혼자 남아 있을 때
외로워 숨죽여 울고 싶을 때도 있다

혼자 남아 있을 때
생각해 보라

인생이 어떠한가
그렇게 대단해 보이던 것들도
별것 아닌 것이다

허겁지겁 깃대 올리고
목숨 걸고 해보겠다고
난리를 치던 것도
별것 아닌 것으로 보일 때가 있다

사람들은 곰곰이 생각하면
별것 아닌 것으로
다투고 싸우며 살아간다

멀찌감치 떨어져서 보고
관조하여 보면 별것 아닌데
대단한 일이라도 할 것처럼 난리를 친다

혼자 있을 때 생각해 보라
언제나 함께하겠다던 사람들도 떠나고
쓸쓸하게 홀로 남아 있지 않은가

옹이

나무줄기가 자라다가
상처받거나 병들어 떨어지면
응어리가 뭉쳐 옹이가 생긴다

떨어져 나간 나무줄기가
추억의 그림자를 잊지 않으려고
나무 속에 남겨놓았다

옹이를 보면
나뭇가지의 아픔이 떠오른다

하늘은

하늘은 푸른빛 하나만으로도
희망을 준다

하늘은 텅 빈 것 같은데
가득 채워져 있고
허전한 것 같은데 넉넉하다

하늘은 아무런 부족함이 없기에
수많은 별들을 품고
해와 달이 떴다가 진다

하늘은 누구나 받아들이기에
새들이 날아다니고
구름이 떠다니고
희망을 쏘아 올린다

하늘은 언제나 변하지 않는 마음으로
항상 제자리 지키며
한없이 넓고 깊은 마음을 보여준다

단풍이 물드는 가을에는

단풍이 물드는 가을에는
사람들이 고독한 외투를 입고 외출을 한다

가을비 내리고 찬 바람 불면
거리는 쓸쓸함이 가득해지고
왠지 마음이 허전한 사람들이 만나
저녁마다 술잔을 나눈다

단풍이 낙엽으로 떨어질 때마다
사람들의 가슴에 고독이 떨어졌다

가을이 짙어갈수록
그림자가 길어지는 가을밤에는
고독의 길이도 길어지고
점점 더 깊어져 간다

쓸쓸해지면 왜 다른 사람은
보이지 않고 나만 또렷하게 보일까

단풍이 물드는 가을에는
고독한 외투를 벗고
내 사랑하는 사람을 만나고 싶다

그리움이 뭉쳐오는 날

그리움이 가슴에 뭉쳐오는 날
가슴이 저미고 시린
외로움을 달래려고
거리로 뛰쳐나와 노천카페에서
한 잔의 커피를 마신다

거리는 오가는 수많은 사람
그 무리 속에
그리운 얼굴 하나쯤은
만날 것만 같았다

쓸쓸하기만 한 세상
아무리 둘러보아도
모두가 알 수 없는 낯선 사람들이라
외롭다 참 쓸쓸하다

그리움이 가슴에 뭉쳐오는 날
쓸쓸함을 씻어내려고
진하고 진한 에스프레소 커피 한 잔에
외로움을 타 마신다

2부

쓸쓸하고 외로운

하룻밤 사이에

하룻밤 사이에
얼마나 많은 일들이 일어날까

아침 이슬로 시작한 하루
저녁달이 뜨고 지기까지
온갖 이야기들이 만들어진다

하룻밤이 누구에게는 절망이 되어
잠들지 못하고
하룻밤이 누구에게는 사랑이 되고
희망이 되어 기쁨이 넘친다

하룻밤 사이에
사람들의 삶이 달라진다

어떤 집은 아기가 태어나 경사가 나고
어떤 집은 죽음이 찾아와 슬픔 속에
사랑하는 사람을 떠나보내야 한다

하룻밤 사이에 어떤 사람은 출세하고
어떤 사람은 자리서 물러나 몰락한다

세상의 모든 이야기는
하룻밤 사이에 만들어진다

산

산은 언제나 우뚝 서서
제자리를 담담하게 지키고 있다

엄청난 재난과 혹독한 시련이 닥쳐도
두려워 소리 지르거나
결코 도망치지 않는다

앞이 안 보이는 태풍이 몰아쳐도
불이 나서 모든 산림이 불타도
화산이 폭발하고 무너져 내려도
산은 언제나 묵묵히 그대로 서 있다

산은 언제나 어떤 어려움도
말없이 스스로 극복하여 나간다

산은 모든 것이 불타도
작은 풀부터 다시 시작하여
세월이 흘러가면 다시 울창한 숲으로
회복되어 당당하게 살아난다

산이 어떤 고난과 역경에도
굴복하지 않고 다시 자연으로
돌아가는 힘은 참으로 위대하다

늘 자리를 지키며 자기 역할을 다하는
산의 넉넉한 마음을 배우고 싶다

강물

산골 샘에서 시작한 강물은
바다로 가는 길고 긴 여정 속에
생명을 살리며 흘러간다

강물은 시작부터 끝까지
중도에 포기하지 않고
바다로 가기 위하여 조금도 지체하지 않는다

강물은 서성거리거나 머뭇거리지 않고
뒤돌아보지도 않고
원하는 바다로 흘러간다

강물은 흘러가며 아름다운 풍경을 만들고
수많은 어부들에게
고기 잡을 기회를 주고
수많은 사람들에게
강과 함께 낭만을 즐기도록 기회를 준다

강물은 바다로 가며

중간중간에 만나는 수많은 물을
아무런 거부 없이 받아들이며
바다가 되기 위하여 흘러간다

강물은 바다를 만나면
다시는 강물이 되기 위하여
왔던 곳으로 돌아가지 않는다

강물은 오늘도 바다가 되기 위하여
힘차게 흘러가고 있다

가야 한다면 가야지

가야 한다면 가야지
쓸데없는 궁상과 헛된 걱정으로
망설이고 머뭇거리기보다
발길을 재촉하며 서둘러서 어서 가야지

세월도 시간도 기다려주지 않고
떠나고 나면 놓치고 나면
가슴 치고 후회할 텐데
주어진 시간에 어서 가야지

불안으로 마음이 흔들리고
꼬인 생각으로 남을 탓하거나
쓸데없는 핑계 대지 말고 딴생각으로
발길 돌리지 말고 어서 가야지

내 몫의 짐을 지고 내 몫의 일을
당당하게 감당하면서 아무 손색 없이
힘들고 어려워도 이겨내며 어서 가야지

가야 한다면 가야지
가고 나면 보람과 기쁨 속에
행복과 만족이 찾아올 텐데
가야 한다면 어서 가야지

이제 여기서부터는

이제 여기서부터는
더 진하게 살아야 한다

나이가 많이 들어 자꾸만 짧게 줄어드는
삶의 시간이 너무 소중하기에
가슴에 담긴 이야기들을
늘 되새기며 살아야겠다

욕심을 부려보아야 내 것도 아닌데
헛된 욕심이 마음의 골목에서
빠져나가야 마음이 가볍고 홀가분해진다

이제 여기서부터는
아무 소용이 없는 욕심을 버리고
아무런 후회가 없도록 살아야겠다

황혼의 시간은
고독하기에 쓸쓸하기에
노을처럼 빛나며 기쁜 마음으로 살아야 한다

사람들을 대할 때 친절하게 이해하고
넓은 마음으로 받아들이며
진솔하고 아름다운 시간을 만들어야 한다

세월이 흘러갈수록 새것을 낡음으로 만들지만
황혼의 시간이 녹슬지 않게
추하지 않고 초라하지 않게
비굴하지 않고 당당하고 멋지게 늙어가야 한다

아버지

돌아가신 아버지
오늘따라 무척 그립고
정말 보고 싶습니다

세상 떠나가신 후
세월이 흐르면 흐를수록
살아 계실 때 좀 더 잘해드릴걸
너무나 후회가 막심합니다

맛있는 음식 좋은 음식 먹을 때
아버지에게 대접했으면
얼마나 좋았을까

아름다운 풍경을 보고 멋진 곳을 가면
아버지와 같이 왔으면
얼마나 좋았을까

생각에 또 생각을 하면서
아버지께 너무나 미안합니다

일평생 가족들에게 남에게
선하게 착하게 살다 가신 아버지
내 아버지 오늘따라
아버지가 무척 그립습니다

지하철

처음 만난 낯선 사람들끼리
가까이 앉아
가까이 서서 간다

서로서로 애써 모른 척하며
핸드폰에 고개를 드밀고
목적지를 향하여 간다

삭막한 세상
가벼운 인사도
말 한마디도 나누기 어려운
어찌할 수 없는 안타까움이다

그냥 그렇게 사는 거다
인생이란 쓸쓸하고 외로운 것이다

세상이 살기 편하다는데
날로 인정이 차갑게 메말라 간다

가을 고독

남아 있던 여름을 쫓아내는
서늘한 바람이
가을 고독을 몰고 오면
가슴마저 차갑고 외롭다

밤이 깊어져 갈수록
어둠에 깊이 갇히면
떠나간 것들의 섭섭함 속에
홀로 남는 외로움이 두렵다

단풍은 환장한 듯 물드는데
고독에 시달림당한다

그리움에 보고픔에 잠들지 못하고
날마다 꼬박 설치는 밤
내 마음도 미친 듯이
마음에 깔린 외로움에 고독하다

세월이 이렇게 빨리 갈 줄 몰랐다

어느 날 문득 생각해 보니
세월이 이렇게 빨리 갈 줄 몰랐다

아침이 오고 저녁이 가도
언제나 영원할 것만 같았던
젊은 날도 세월의 저편으로 사라져 가고
다정했던 사람들도 하나둘 세상을 떠난다

꼭 하고 싶었던 일도 미루다 못 하고
사랑했던 사람들도 멀어져 갔다

세월의 시달림 속에
시간은 한탄스럽게 흘러가 버리고
이럴 줄 알았으면 하고 싶은 걸
할 걸 그랬다는 생각과 마음만 안쓰럽게 남는다

하늘이 무너지듯 까맣게 타들어 가고
가슴에서 천불이 나고 있다
세월이 떠난 후 모든 것들이 떠난 후

후회와 안타까움만 남아 있다

다시 돌아갈 수만 있다면
잘 어울려 멋지게 살 것만 같은데
떠난 세월 어쩌지 못하고 눈물만 흘린다

세월은 지금도 아쉬움만 남기고
말없이 떠나가는 안타까움에
참회하는 마음으로 가슴 치며 깨닫는다

그때 우리는

그때 우리는 서로 만나는 것만으로도
즐겁고 행복했다

거칠고 힘든 세상 속에서
하나의 마음으로
서로를 이해할 수 있었다

그때 우리는 가진 것 없어도
서로 이야기를 나누는 것만으로도
기쁘고 신났다

시련과 고통이 가득한 세상에서
서로 어울리며
내일을 꿈꿀 수 있었다

세월이 흐르고 시간이 흘러서
지금 우리는 서로 떨어져 살고 있지만
지난날의 추억이 아름답게 남아 있다

그때 우리는 서로 마음을 함께했기에
그때 우리는 서로 마음을 같이했기에
오늘의 우리가 있을 수 있었다

그때 우리는 서로 만나는 것만으로도
날마다 좋았다

날뛰지 말라

저 혼자 잘난 듯 날뛰지 말라
누구나 한 시절 지나면
모든 걸 놓고 물러나고 만다

잘나가는 시절에 올바르게 살며
인간미 느끼도록 살면
오래도록 존경과 사랑을 받는다

남 죽이며 살아야 나에게
무슨 좋은 일이 있는가
누군가가 나를 지켜보고 있다

나도 너도 흠집이 있고 부족한 사람들이 아닌가
나 잘되고 너 잘되면 더 좋은 세상이 아닌가

거짓말까지 동원하여 조작하며
악행을 일삼으면 얼굴조차 진실이 떠나
사악하게 변하고 만다

용서하며 살자, 용서는 잘못을 싹 하나도 없이
흔적도 없이 지워버리는 것이다

누구를 위한 삶을 사는가
누구를 위한 오늘을 사는가

배려하는 마음으로
자기를 낮춰야 겸손해질 수 있다

진실이 살아나도록 마음을 열고
아무런 후회가 없는 삶을 살자

훌쩍 떠나면

어느 날 훌쩍 떠나면
다시는 돌아오지 못하는 삶인데
이 안타까운 마음을 어찌해야 하는가

괴로운 세월 아픔의 세월 보내고
말없이 떠나고 나면
어느 누가 기억해 줄 것인가
어느 누가 알아줄 것인가

떠나고 난 후에는 지워지고 잊어버려
흔적도 없이 사라지고 말 것이다

빈손으로 왔다가 떠나가야 하는 삶
무엇 하나 남기고 싶어도
그리 쉬운 일이 아니다

소문도 없이 떠나면
돌아온 사람 하나 없으니
얼마나 애석하고 슬픈 일인가

우리 살아 있는 동안 서로 마음을 나누며
서로 기억해 주고 서로 추억해 주며
살아가야 하지 않을까

홀쩍 떠나면 너무나 허무한데
우리들의 소중한 삶 값있게 살아야
떠나도 덜 서운하고 덜 섭섭할 것 같다

쓸데없는 미련에 구차하게 살지 말고
떠날 때 떠나더라도
삶의 순간마다 아름답게 살아가자

나무와 풀

땅에 뿌리를 내리고
물만 먹고 햇살을 받으며 사는
나무와 풀이 어떻게 색깔을 만들어
아름다운 꽃을 피워놓을까

연장도 없고 도구도 없고
움직일 수 있는 손과 발이 없는데
나무와 풀이 어떻게 열매를 만들고
씨를 만들어낼까

자연은 참으로 신비롭다
씨앗이 찢어지는 고통의 신비 속에서
초록 생명이 싹이 트고
생명이 힘차게 살아나 활동하면
자연의 색깔이 선명하게 살아난다

나무와 풀은 자라나서 꼼짝하지 않고 제자리에 서서
아름다운 꽃을 피우고
탐스러운 열매가 열리게 한다

자연은 위대하다
꽃잎 하나하나가 위대한 예술품이고
보기 좋은 열매에는
장인의 손길이 깃들어 있다

나무와 풀들을 사랑한다
그들이 준 선물이 너무나 고맙고 감사하다

자리

세상의 모든 것은
자기가 있어야 할 자리가 있다
앉을 자리, 서 있을 자리, 누울 자리
어디서든지 자기 자리를 알아야 한다

자리는 내 자리가 있고
남의 자리가 있다
있어야 할 자리가 있고
떠나야 할 자리가 있다

남의 자리를 탐하여 뺏고
자리를 잘못 앉으면
삶이 어긋나고 비참해진다

위선자는 솔직한 진실보다
거짓을 부풀려 앞을 세운다

남의 자리를 탐하거나
욕심내지 말고
자기가 있어야 할 자리를 알아야 한다

누구를 탓하랴

누구를 탓하랴 내가 선택한 것을

누구를 탓하랴 내가 한 일을
누구를 탓하랴 내가 한 말을

누구를 탓하랴 내가 살아온 삶을

사람들은
행복을 만들어 살기보다
스스로 비극을 만들며 산다

서로 싸우고 미워하고
증오하며 살아간다

사람들은 선한 일보다
악한 일을 많이 한다
스스로 불행을 만든다

아무 미련 없이 살자

떠난다 떠나야 하는데
아무 미련 없이 살자

아무리 거창하고 화려하게 살아보아도
아무런 흔적도 없이 사라진다

아무리 떠들썩하게 살아도
누가 기억해줄 것인가

이 넓은 세상에서
오라는 곳 없고, 갈 곳 없다면
얼마나 허망한가

결국에는 떠나는데
허망한 것에 목숨 걸지 말고
한순간의 삶일지라도
사랑할 것을 사랑하며 살자

떠난다 다시는 돌아오지 못하고

떠나고 만다

떠나는 날
아무런 후회 없이 떠나자

당신을 만나지 말아야 했습니다

이리될 줄 알았다면
당신을 만나지 말아야 했습니다

이별이 이리도 쉽고
가슴이 아플 줄 알았다면
당신을 만나지 않았습니다

한없이 되살아나는
그리움만 남는 줄 알았으면
당신을 사랑하지 않았습니다

사랑이 남겨놓은 사연이
이리도 가슴을 애태울 줄 알았다면
사랑도 하지 않았습니다

홀로 남는 외로움에
그리움의 병이 도져
가슴이 눈물로 젖고 상처받은 마음이
구겨져 괴로워 너무나 힘이 듭니다

날이 갈수록 그리움에

늘 부푼 가슴은

당신을 사랑하며 살고 싶습니다

떠나는 가을

나뭇가지에 남아 있다
시들어버린 단풍이
바람이 불 때마다
낙엽이 되어 아찔하게 떨어진다

가을바람을 따라
떠나는 가을의 뒷머리카락이
보이지 않을 때까지
가을의 낭만과 고독은 남아 있다

가을을 사랑하는 사람들은
아직 남아 있는 가을 풍경을
지우고 싶지 않아
사진으로 남겨놓는다

늦가을 내리는 싸늘한 비로
겨울이 성큼 다가오고
불어오는 찬 바람에
양 볼이 시리다

떠나자, 여행을 떠나자

떠나자, 여행을 떠나자
모든 것을 훌훌 던져버리고
가벼운 마음으로 떠나자

내가 모든 걸 다해서
사는 것 같아도
나 없어도 세상은 잘 돌아간다

지난 것들을 잊기 위해서
마음 한번 비우기 위해서라도
떠나자, 여행을 떠나자

나를 잊고 살았던
시간에서 벗어나 나를 찾으러 떠나자

삶의 의미를 새기고 삶의 여유를 찾고
아름답게 살기 위하여
꽉 차서 숨찼던 일정을 던져버리고
텅 빈 마음으로 떠나자
여행을 떠나자

우리는 무엇을 만들며 살아갈까

새들은 허공에
길을 만들어 날아가고

풀과 나무는 허공에
마음껏 팔을 펼치며 자라난다

우리는 허공을 붙잡으려
허무하게 살지 말고 당하고만 있지 말고
참고만 있지 말고 괴로움에서 벗어나자

욕심을 버리면 놓아줄 것도 많아지고
붙잡고 싶은 것도 없어진다

땀 흘려 노력할수록
미래의 희망이 알찬 열매를 맺는다

우리는 삶의 시간에
꿈과 사랑과
희망을 이루며 살아가자

3부

봄날 바라보는 섬진강

인생이란 줄타기

인생이란 줄타기다
목숨 줄
인연 줄
사랑 줄
돈줄을 잘 타야 행복한 삶이다

줄타기 기술이 능숙하지 않으면
어려움도 있고
위태로움도 있고
아찔한 순간도 찾아온다

준비가 아주 잘되어
줄을 능숙하게 잘 타는 사람은
가벼운 운동이라도 하듯이
쭉쭉 단번에 아주 쉽게 올라간다

준비가 전혀 안 된 사람은
줄을 바라만 보기만 해도 아마득해
포기하고 싶은 생각이 가득해

줄을 제대로 타지도 못하고 뚝뚝 떨어지고 만다

인생이란 줄타기 솜씨를 잘 발휘해서
멋지게 잘 타고 살아야 한다

가끔씩 별생각이 다 난다

생각은 자유롭다
시작과 끝을 모를 정도로
넓고 높게 떠돌아다닌다

생각은 그때그때마다
온갖 것을 불러들이고
생각은 이곳저곳으로 마음대로 쏘다니고
오만가지 잡동사니를 끌어들여
골머리가 아플 때도 있다

가끔은 별생각이 다 난다
엉뚱한 생각
희한한 생각
기똥찬 생각
불순한 생각
허무한 생각
기막힌 생각
이런 생각들이 모여
행동을 만들고 시를 만들고 인생을 만든다

가끔은 별의별 생각이 다 나지만
생각의 실타래 속에서
시를 뽑아내어 좋은 시를 쓰고 싶다

거부

싫다 정말 싫다
가까이 오지 않았으면 좋겠다

양가죽을 쓴 불행의 그림자와 깊은 절망과
뚝 떨어지는 낙심에 이리저리 시달리며
억울한 피눈물도 많이 흘렸다

가진 것도 손에 쥔 것도 없이
무작정 대책 없이 허물어지고
무너질 때는 어찌 감당할 수 없는 속수무책이다

서로 부딪치는 갈등과 음모와 시기 속에
눈 한번 딱 감고 하는 독한 말에
싸움과 비극이 찾아오는 것을 거부하고 싶다

괴롭히고 힘들게 하고 포기하게 만들고
불행하게 낙인을 찍는 것들에게서
하루 속히 멀리 떠나고 싶다

독차지하려고 난리 치면 슬쩍 비켜주고
마음을 흔들고 괴롭히고
욕망의 노예가 되게 하고 비틀거리고
주저앉고 쓰러지게 만드는 것들에게서
한시라도 빨리 훌쩍 떠나고 싶다

간교한 눈초리에 음모가 흘러
나의 촉감 하나하나 괴롭히는
모든 것들을 거부하고 싶다

살인

보이지 않는 사람들을
말로 죽인다

자기만의 편협한 생각과 판단으로
아무 가책이나 염려도 없이
배설하듯 쏟아낸다

푸른 하늘을 보고 살면서도
마음이 검은 것은
악한 마음을 품었기 때문이다

말의 칼을 휘두르며
함부로 말을 내뱉는다

그가 누구인지
잘 파악하지도 않는다

자기만이 특권을 가진 양
말로 살인을 함부로 자행하는 살인자들이

세상 곳곳에서 먹이를 찾고 있다

살인 사건 누가 저질렀을까
너무나 비참하다

이 세상에 내 몫이 있을까

이 세상에 내 몫이 있을까
아무리 욕심을 내고
아무리 욕심을 부려보아도
다 놓고 떠나는 삶이다

내 것 내 몫을 챙기며 살다가
세월만 다 보내고
몸과 마음이 만신창이가 된다

욕심을 훌훌 털어버리고 가벼운 마음으로
손님으로 온 인생살이
잠시 잠깐 여행하듯 살다 가야 편하다

내 몫 찾아 말뚝 박고
울타리 치고 담을 쌓고 벽을 쌓아가며
발버둥 쳐보아도 빈손으로 떠나는 인생
모두가 헛되고 헛된 일이다

내 몫인 줄 알고 있는 것도

잠깐 빌려 쓰고 가는 것일 뿐이다

나그네는 짐을 많이 갖고 다니지 않는다
홀가분한 마음으로
훌쩍 왔다가 훌쩍 떠나는 것이다

죽음이 앞에 있는데

죽음이 앞에 있는데
왜 싸울까
왜 미워할까
왜 모함할까
왜 비난만 할까
싸우고 다투어서 무엇이 남는다고
끊임없이 죽일 듯이 싸울까

죽음의 날이 찾아오면
아무런 존재감도 없이
결국 한 줌의 재로 흙으로 돌아가는데

왜 그렇게 서로 못 잡아먹어서 난리일까
남을 못살게 굴고 깎아내리면
자기 속이 좀 시원한가

못내 안타까움과 애처로움이
심장과 뼛속을 파고든다

사랑하며 살자
도와주며 살자
이해하며 살자
화해하며 살자
용서하며 살자

죽음의 시간이 오고야 마는데
무슨 이유가 필요하고
무슨 변명이 필요한가

우리 서로 하나 되어 남아 있는 인생을
사랑하며 화목하게 살아가자

나는 네가 그래서 좋다

힘들 때 용기를 주고
함께해 주어서
나는 네가 그래서 좋다

외로울 때 찾아와 주고
동행해 주어서
나는 네가 그래서 좋다

슬플 때 같이 울어주고
슬퍼해 주니
나는 네가 그래서 좋다

포기하려고 할 때 힘을 주고
도와주니
나는 네가 그래서 좋다

이 외롭고 쓸쓸한 세상에서
외롭지 않게 해주니
나는 네가 그래서 좋다

고통스러울 때
마음을 열어 감싸주니
나는 네가 그래서 좋다

성공의 사다리

나약하게 마음의 감옥에 갇혀
비굴하고 초라하게 살지 말고
현실에서 도망칠 궁리만 하지 말고
자기 부족을 변명만 하지 말고
성공의 사다리를 올라가라

아래서만 보면 까마득하고
아득하게 높아만 보이고
올라가기에 불안한 마음이
마구 찾아들지도 모른다

꿈만 꾸지 않고 꿈을 이루려면
성공의 사다리를 하나씩 하나씩
강하고 담대한 마음과
확고부동한 굳은 의지로 올라가라

어느 사이에 성공의 사다리 꼭대기에서
삶의 승리를 노래하며 기뻐하고 환호할 날이
눈앞에 분명하게 펼쳐지고 찾아올 것이다

성공의 날을 위하여
피와 땀과 눈물을 흘리더라도
인생이 짧다는 것을 뼈저리게 느끼며
결코 포기하지 말고
실패를 거듭하더라도 끝까지 올라가라

성공의 사다리를 다 오르는 날
성공이 두 팔을 벌리고 환호하며 기다릴 것이다

하늘

하늘에는
세상을 바라보는 눈이
해와 달 둘이다

해는 낮에 떠서
세상을 바라보고
달은 밤에 떠서
세상을 바라본다

하늘에
누가 매달았는지
별도 달도 자리를 지키고 있다

하늘에 내가 던진 공은
왜 제자리를 못 잡고 떨어질까
참 궁금하다

하늘은 끝없이 펼쳐져 있어
세상 목소리를 다 듣는다

들판

들판은 계절이 찾아오는
길목이다

들판에 풀잎이 깔린 이유는
자연의 쉼터를 만들어놓은 것이다

들판은 계절마다
모습이 달라진다

벌레들과 짐승들과
새들의 놀이터를 만들어놓은 것이다

그들의 삶은 달랐다

그들의 삶은 달랐다
옳고 그름의 판단이 달랐다

남에게는 틀렸다고 지적하고 외치면서
자신들의 주장과
외침만이 옳다고 생각한다

남은 인정하지 않으면서
자신들의 말과 행동은
옳다고 인정받기를 원했다

온갖 수단과 방법으로
자신들의 영역을 지키려 하면서도
남은 고쳐야 하고 바로잡아야 한다고
소리소리 지르며 목청껏 외쳤다

자신들을 반대하면
마치 원수처럼 달려들었다

그들은 자기들의 세상은 다르다고 생각했다
자기들의 세상을 만들 것만 같았다
세상은 언제나 바뀌는 것이다
그들도 다를 바가 없었다

섬진강

봄날 바라보는
섬진강이 아름답다

누가 아주 잘 그린
그림을 한 폭 펼쳐놓은 듯하다

햇살 가득한 봄날
고요히 흐르는 섬진강을 바라보면
바라볼수록 깊은 매력에 빠져든다

섬진강을 바라보고 있으면
설렘이 가득해져
사랑하는 이와 함께 걷고만 싶다

봄날 섬진강
길 따라 흘러가며
봄소식을 전한다

나 때문에

세상에
나 때문에
실망하는 사람이 없게 하자

세상에
나 때문에
우는 사람이 없게 하자

세상에
나 때문에
배고픈 사람이 없게 하자

세상에
나 때문에
고통당하는 사람이 없게 하자

세상에
나 때문에
행복한 사람을 만들자

어두운 밤

잠들지 못하는
불면의 어두운 밤

홀로 뒤척이는
외로움에
밤은 점점 더 깊어간다

깊고 어두운 밤
불면의 고통 속에
눈은 점점 더 초롱초롱해지고

홀로 견디기에는
고독마저
어둡고 무겁다

마음 문을 닫고
답답하게 살지 말고
열린 가슴으로 살자

빚진 목숨

세상에 태어날 때
어머니에게 한 생명
빚진 목숨으로 태어나

세상 살아가며
온갖 시련과 역경 속에
세상에 빚진 목숨이 되고

사랑하며 살다가
이 세상 떠나는 날
사랑하는 이에게 안타깝게
빚진 목숨이 되고 말았다

한 줌의 재인데

인생의 끝은
결국에는 한 줌의 재인데
싸우고 다투고 비난하고 모함하고
욕심내는 삶을 살아서 무엇하나

짧고 짧은 인생길
열심히 사랑하고 살아도
지나고 나면 안타까워 후회하는데
누구를 미워하고 누구를 원망하는가

언젠가 떠나가고 이별해야 하는데
사랑하는 사람의 얼굴을 보라
모든 것을 다 주어
힘껏 사랑해도 부족하지 않은가

인생은 결국
한 줌의 재인데 소중한 만남 속에
선입견을 버리고 순수하게 만나자

사랑하며 살다 가자
미련 없이 후회 없이 살다 가자

당신은 알고 있습니까

당신은 알고 있습니까

시퍼렇게 날이 선 말로
아무렇지도 않은 듯이
남에게 상처를 주고 있다는 것을 알고 있습니까

몰인정하고 안하무인으로 내뱉는
당신의 말과 표정
당신의 모순된 행동이
남에게 얼마나 많은 깊은 상처를 주고 있습니까

당신은 옳다 주장하지만
사람들은 틀렸다고 합니다
당신은 분명하고 맞는다 하지만
사람들은 아니라고 합니다

당신만 바르다고 착각하며 사는 것이
얼마나 무서운 일입니까
지금 당신이 하고 있는 일을

다시 한번 생각해 보시기 바랍니다

당신 때문에 행복한 사람
당신 때문에 희망을 품는 사람
당신 때문에 편안한 사람이 있어야
행복하고 바른 삶입니다

당신처럼 살고 싶습니다

당신처럼 살고 싶습니다
이 세상에 함께 살고 있음이 행복합니다

밝은 웃음 속에 진실한 겸손이
늘 몸에 배어 있는 모습이 참 보기에 좋습니다
매사에 긍정적이고 불평 없이
언제나 똑같은 마음으로 일하는 모습을
보면 닮고 싶습니다

항상 자신보다 다른 사람을 먼저 생각하고
언제나 먼저 밝게 인사를 하고
정겹게 인사를 받아주는 모습이
주변을 환하게 밝혀줍니다

타인을 인정해 주고 어려움을 당하면
제일 먼저 달려가 도와주고
힘들어하면 따뜻하게 위로해 주는
아주 넉넉한 마음을 배우고 싶습니다

당신처럼 살고 싶습니다
이 세상을 살맛 나게 해주어서 참 고맙습니다

늘 한 발짝 먼저 일을 시작하고 끝내는
여유로운 마음으로 살아가는 모습이
때로는 정말 저렇게 할 수 있을까
하는 생각이 들 때가 많습니다

부부가 오래도록 한결같이 금실이 좋고
가족과 이웃을 사랑하는 마음이 따뜻하고 정겨운
당신이 있어 세상은 참 행복합니다

식당

음식 맛이 좋은 식당은
어느 곳이든 김치 맛이 좋다

밑반찬이 인정머리 없이
지극히 형식적이고
장사꾼 농간이 지나치게 들어가
형편없는 곳은 음식 맛도 엉망진창이다

한 식당에서 수십 종류의
음식을 다 하는 식당은
맛을 제대로 낼 수가 없다

단 한 가지 음식을 해도
전통과 손맛에 정성이 깃들어야
음식이 제맛을 낸다

인심이 너무 야박하지 않고
주인이 친절하고 웃음이 가득한 식당의
음식은 역시 맛이 좋고

은은한 정이 남아 발길을 당기고
다시 찾고 싶게 만든다

그때는 정말 몰랐다

그때는 정말 몰랐다
네가 나를 사랑하는 줄 몰랐다

그냥 바라보며 웃고 있는 네가
날 사랑하는 줄 몰랐다

세월이 흐른 후에
나는 알았다

네가 언제나 말없이
나를 좋아하고
나를 사랑하고 있었다는 것을
나는 알았다

지금도 네가
추억 속에서 나를 보며 웃고 있다

4부

새벽 꽃잎을 적시는 이슬처럼

왜 나는 너에게 미쳐 있을까

왜 나는 너에게 미쳐 있을까
사랑하기 때문이다

이른 새벽 꽃잎을 적시는 이슬처럼
내 마음을 사랑으로
촉촉하게 적셔주기 때문이다

너를 생각하며 그리움도 가져보고
너를 생각하며 고독도 즐겨보고
너를 생각하며 애잔함도 가져보았다

왜 나는 너에게 미쳐 있을까
너만 생각해도 행복해 웃을 수 있다

외로운 마음 위로받고 싶고
쓸쓸한 마음 알아주기를 원하고
고독한 마음 사랑에 빠뜨리고 싶다

네가 그리움으로 떠오르면

내 삶은 한껏 싱그러워지고
내 마음에 날개를 달고
너에게로 달려가고 싶다

모든 것이 떠나가고 잠드는 시간에도
어찌할 수 없도록
너는 내 가슴에 남아 있다

너의 눈 속 한복판에
내가 늘 살아 있으면 좋겠다

당신을 알고 싶습니다

당신을 알고 싶습니다
당신의 첫인상이 너무 순수하고 좋아서
관심이 생기고 궁금한 것이 많아졌습니다

당신이 어디서 살고 있는지
그동안 어떻게 지내왔는지
무엇을 좋아하고, 무엇을 하고 싶은지
어떤 꿈을 갖고 있는지
시를 좋아하는지
어떤 음식을 좋아하는지
어디로 여행을 떠나고 싶은지 알고 싶어졌습니다

당신을 본 후로는
물어보고 싶고 같이 이야기하고 싶은 것이
아주 많아졌습니다

당신을 잘 알고 싶지만
서두르지 않겠습니다
당신의 얼굴에서 마음을 읽었기에

좋은 느낌을 받았습니다

당신을 하나씩 하나씩 알아갈수록
흠뻑 정이 들 것입니다

당신을 하나씩 하나씩 알아갈수록
내가 당신을 좋아할 것입니다

당신을 하나씩 하나씩 알아갈수록
내가 당신을 사랑할 것입니다

내 마음의 빈틈

내 마음의 빈틈에
네가 찾아와 나가질 않으니
그리움만 마음에 가득하다

외로운 날들 속에
그리움이 켜켜이 쌓여만 가면
보고픔이 몰려와 가슴이 멘다

바라보고 싶고 느껴보고 싶은
사랑하는 마음의 높이가
높은 줄 모르고 자꾸만 올라간다

벚꽃이 화창하게 찬란하게 피어나듯이
보고 싶은 너를 만나
내 인생도 꽃피어
최고로 행복한 날을 만들고 싶다

어쩌라고

어쩌라고
스스로 한 일은 깨닫지 못하고
남 탓 하고 원망만 하는가

어쩌라고
자기 잘못을 뉘우치지 않고
남에게 화살을 돌리는가

어쩌라고
자신의 허물은 정당화하고
남에게 화를 내는가

자신을 먼저 돌아보라
자신의 허물과 잘못을 먼저 깨달으라

어쩌라고 남에게 화를 내는가
어쩌라고 그렇게 행동하는가

아주 슬픈 이야기

우리들의 삶이란
어렸을 때는 잘 모르고 살았던 이야기
나이가 들어가며 잘 알게 되는
아주 슬픈 이야기다

한번 떠나면 다시는 돌아올 수 없는
이별이 가슴 저리게 안타깝고 애달프게 한다

너무나 소중한 삶이기에 살아가면 갈수록
애잔한 슬픔이 마음에 멍울을 만든다

지나가면 다시는 돌아갈 수 없고
떠나면 다시는 붙잡을 수 없는 삶이기에
떠나가는 사랑하는 사람들을 만날 수 없다는 걸
생각하면 고통스럽고 가슴이 아프다

흘러가는 시간이 아까운데
떠나가는 세월이 서운한데 어찌할 수가 없다

우리들의 삶이란 떠나면
다시는 돌아올 수 없는 슬픈 이야기다

사는 동안 후회하지 않도록
하루하루 사랑하는 사람들과 아름다운 추억을 만들자

외면

외면은 쓸쓸하고 외롭고
고독하여 고립되게 만든다

외면당하면 홀로 스스로
외톨이로 갇혀서 산다

뻔히 알면서도 모른 척 외면하고
방관하듯 아무 말도 하지 않는다

싸늘한 시선으로 못 본 척
등을 돌리고 다른 곳을 바라본다

오던 발길도 다른 곳으로 돌리며
아무런 생각이 없는 듯
무관심으로 일관한다

외면도 다 이유가 분명히 있지만
당하는 사람은 괴로운 것이다

서로서로 외면하지 않아야

서로 인간미 있는

사이가 연결되는 인연의 다리가 이어진다

행복의 셈법

숫자로 계산만 하려고 하는
행복의 셈법은
욕심껏 더 채우고 싶어
늘 불안하고 만족이 없다

좁은 마음으로 오직 내 것만을 위하여
행복을 추구하는 것은
참 어리석은 일이다

이 세상의 누구나 머물지 못하고
모두 다 떠나는 사람들
허황한 욕망과 욕심의 셈법은
허무한 삶을 더 커다랗게 만들어놓는다

늘 부족할 때는
자족하는 마음으로 채워가고
넉넉하고 풍족할 때는 서로 베풀고 나누는
행복의 셈법이 가치가 있고
귀하고 소중한 것이다

행복의 셈법은
나 혼자만의 행복이 아니라
넉넉한 마음으로 함께 행복하게 살아가는
진정한 셈법이 되어야 한다

하늘은 말하고 싶었다

폭우가 쏟아지던 날
조용하던 하늘이 엄청난 소리를
한 번에 쏟아놓았다

말짱하던 하늘에 사방에서
먹구름이 몰려오더니
천둥 치고 번개 치고 타타탁 온 천지에
비가 내리쳤다

산꼭대기부터 흘러내린 비가
골짜기를 흘러내리며 엄청난
소리를 지르며 흘러내렸다

하늘은 말하고 싶었다
"사람들아! 세상을 더럽히지 말고
깨끗하게 살아라!"
큰 소리로 외치고 싶었다

때마다 비를 내려 깨끗하게 해주었는데

더럽히고 살았다고
또다시 씻어주며 말했다

"사람들아! 세상을 더럽히지 말고
 깨끗하게 살아라!"

붉은 장미꽃

붉은 장미꽃은
무슨 한이 많은 탓에
온몸의 피를 쏟아
핏빛 붉은 꽃으로 피어날까

꽃 피어나는
한순간을 위하여
목숨을 꺾어서라도
붉은 꽃으로 유혹하듯
아름답게 피어나고 싶었을까

붉은 장미꽃
붉은 꽃잎이 매혹적으로 피어나
시선을 끌어당긴다
마음을 끌어당긴다

이리 훌쩍 떠날 줄 알았으면

이리 훌쩍 떠날 줄 알았으면
마음속 이야기를 할걸
이리 멀리 떠날 줄 알았으면
내 마음을 알려줄걸
떠난 후에 후회 속에
애타는 마음을 어찌하나

갑자기 아무런 미련 없이 떠나니
붙잡을 수도, 말할 틈도 없이 떠나니
헤어지는 아픔에 찢어지는
안타까운 마음을 어찌하나

우리의 만남이 인연인 줄 알고
아무런 걱정도 하지 않았는데
이리도 갑자기 훌쩍 떠나니
허전하고 텅 빈 내 마음을
안타까운 내 마음을 어찌하나

첫 마중길

그대 첫 마중길
설레는 마음이 온 세상에 가득해
너무나 행복했습니다

내가 만날 사람이 있고
내가 사랑할 사람이 있다는 것이
삶이란 무대의 주인공이라도 된 듯
무척 기뻤습니다

내가 기다리고
내가 마중할 사람이 있다는 것은
살아갈 의미가 생긴 것입니다

그대를 만나는 첫 마중길
나의 삶이 이제부터는 새로운 삶을
행복하게 살아갈 것입니다

그대를 마중하며 만나는 기쁨이
이리도 좋을 줄 몰랐습니다

그대를 만나서 사랑하는 기쁨이
이리도 좋을 줄 몰랐습니다

정의가 사라지면

정의가 사라지면 불의와 거짓이
진실인 양 가면을 쓰고 날뛴다

거짓이 날뛰는 것을 착각하여
박수를 보내고 환호하면
거짓이 진실인 양 선동하려고 날뛴다

못되게 허튼 짓거리 하고 살면
마음에 불안이 소용돌이를 친다

정의가 살아나야 불의가 떠나고
진실이 살아나야 거짓과 위선이 사라지고
진실한 양심이 목소리를 낸다

잘못되고 꾸며진 거짓을 옹호하기 시작하면
어느 사이에 거짓이 주인 노릇을 한다

말 한마디가 상처가 될 수도 있고
힘과 칭찬과 격려가 될 수가 있다

마음이 약하여 강하지 못할 때
바른 결단을 내리지 못하고
머뭇거리며 뒷걸음질을 친다

정의가 올바르게 자리 잡고 살아나야
모든 것들이 제자리를 잡는다

삶 속에서 희망을 방출하며 살고
정의가 살아나야 힘없는 민중이 살고
나라가 바로 되고
젊은이들에게 살아 있는 미래가 있다

우습다 어리석은 사람들아

우습다 어리석은 사람들아

세상에 내 돈이 어디 있나
돌고 돌다 떠나는 것

세상에 내 돈이 어디 있다고
욕심껏 그리도 끌어모아
세상 부자가 되려고 하는가

사랑과 사람 사이에
먹이사슬에 빠져 생존경쟁을 하고 있다

세상에 올 때는 순서가 있어도
떠날 때는 순서도 없다는데
미련한 사람들아

하루 한순간에 목숨이 끊어지면
손에 쥔 것도 없이
빈손으로 훌쩍 떠나고 말 텐데

헛된 욕심으로 살아서
무엇을 할 것인가

거짓 같은 인생에 속아 살지 말고
탈바꿈하여 사람답게 살아보자

때맞춰 내리는 봄비

겨우내 기다리던 봄비가
때맞춰 내리면
외진 곳에 남아 있던
겨울마저 녹아 흘러간다

봄비가 내리면
봄을 기다리는 마음이
촉촉하게 젖는다

봄비가 내리다 그치고 나면
온 세상이 봄 풍경으로 바뀐다

때맞춰 내리는 봄비에
온 세상이 소동이라도 난 듯
이곳저곳이 야단법석이다

땅에서는 새싹이 돋아나고
나뭇가지에는 초록 잎이 돋고
온 세상에 봄꽃들이 피어나기 시작한다

기다려

기다려 기다려
조금만 더 기다려
힘들어도 지쳐도 여기까지 견디며
살아왔잖아

기다려 기다려
절대 포기 말고 기다려
못 견디게 괴로워도 오늘까지 견디며
살아왔잖아

눈앞에 원하던 것들을
곧 바라보게 될 거야
기쁨과 감동이 넘치는 날이
찾아올 거야

기다려 기다려
조금만 더 기다려

흘러간다

흘러간다
어떤 고통의 시간도
어떤 절망의 시간도 흘러간다

사방이 벽인 듯해도
사방이 어둠인 듯해도
세월 따라 흘러간다

포기하지 않으면
꿈을 잃지 않으면
어떤 어려움도 씻은 듯이 떠나간다

도저히 안 될 것 같고
도무지 못 할 것 같아도
견디고 기다리면 극복하고 이겨낼 수 있다

인내 속에서 믿음을 잃지 않는다면
지나가고 흘러가 옛일이 되고 만다

모든 걸 이겨낸 그날
후련한 마음속에 홀가분한 기분으로
행복한 순간을 맞이할 수 있다

흘러간다
어떤 고통의 시간도
어떤 절망의 시간도 흘러간다

앞으로 나가라

눈치 보며 뒷걸음쳐도
과거로 돌아갈 수 없다

나약하게 초라하게 뒤돌아보지 말고
씩씩하게 앞으로 나가라

망설이며 뒤돌아보지 말고
뒷걸음치면 칠수록
그만큼 늦어지고 뒤떨어지는 것이다

힘들고 어려워도 인내하며
마음을 강하게 담대하게 갖고
어려운 고난을 헤치고
자신감을 갖고 앞으로 나가라

중간에 포기하지 말고
안 된다고 체념하지 말고
온갖 역경도 이겨내며
담대한 마음으로 앞으로 나가라

훗날 오늘을 자랑스럽게 말할 수 있도록
힘을 내어 멈춤이 없이
쭉쭉 앞으로 나가라

나는 왜 못났을까

나는 왜 못났을까
항상 초라하고 부족하고
엉성하게 나약함을 느끼고 살까

남들은 당당하고 멋지고 떠들썩하게
잘도 사는 것 같은데
왜 나만 이리도 못나게 살까

나는 왜 항상 느리고 더디고
죽고 사는 일도 아닌데
힘이 쏙 빠져 잘 견디지 못하고 살까

남들은 떵떵거리며 화려하게
뻗쳐나가며 잘도 살아가는데
왜 나만 동떨어져 사는 것 같을까

어느 날 나는 깨달았다
사람 사는 게 다 그런 거라고
누구나 외로운 길 쓸쓸한 길이라는 걸 알았다

혼자 남아 있으면
어느 누구나 자신이 초라해 보인다는 걸 알았다

나는 나다! 내 인생의 소중함을 새삼 깨닫고
내가 할 수 있는 일과 나의 행복을 누리며
사는 것이 진정한 삶이라는 걸 알았다

인생의 끝물

끝물까지 때깔이 좋고 맛있는
열매와 채소는 상품 가치가 있다

황혼까지 아름답게 산다면
인생의 끝물까지 의미가 있고 보람이 있고
가치가 있고 행복한 것이다

껍데기 겉치레 살지 않고
알곡 인생으로 산다면
삶은 참으로 고귀하고 아름답다

인생의 끝물이 땡처리처럼 초라하지 않게
몸과 마음이 건강해야 한다

인생의 끝물이 비굴하지 않게
늘 항상 강하고 당당하게 살아야 한다

인생의 끝물이 유치하지 않게
정신을 옳고 바르게 살아야 한다

인생의 황혼이
저녁노을 붉게 붉게 물들듯이
사랑과 행복으로 아름답게 물들어 가야 한다

사계절의 얼굴

봄이 찾아오면
봄꽃들이 산과 들에 피어나
봄의 얼굴을 만든다

여름이 찾아오면
초록 잎들이 초록 세상을 만들며
울창한 숲을 만들어
여름의 얼굴을 만든다

가을이 찾아오면
온 산에 나무들이
온색溫色 단풍으로 붉게 물들어
가을의 얼굴을 만든다

겨울이 찾아오면
온 세상에 반가운 손님
하얀 눈이 내려
눈들의 세상을 펼쳐놓아
겨울의 얼굴을 만든다

5부

내 마음의 풍경 속에

고독의 길

고독의 길이 쭉 뻗어나가면
또 다른 이유와 변명을 불러들여
독한 외로움에 갇혀버리고
고독의 바닥을 긁어대면 외로움만 나온다

고독하다는 말을 수없이 되씹으면
가슴에 쓸쓸함이 가득해지고
고독의 강도가 점점 더 높아진다

혼자 밥 먹기가 싫어
텔레비전을 틀고 사람 목소리를 들어야
밥이 입에 들어간다

혼자 있기가 싫어
혼잣말을 지껄이며 집 안을 돌아다니고
커피잔 수가 자꾸 늘어간다

하루빨리 고독의 길에서
고독을 훌훌 털어버리고 벗어나

내가 진정으로 원하는 삶을 살아야겠다

혼자 고독해 눈물 흘리는 것이 싫어
고독의 길에서 벗어나
목숨이 다하는 날까지
사랑하며 함께 멋지게 살아야겠다

관객

눈앞에 관객이 하나도 보이지 않고
없다 하여도 실망하거나 슬퍼하거나
괴로워하지 마라

누구나 인생을 살다 보면 다 그렇다
이리저리 잘 살펴보면 나를 보고 있는
관객이 의외로 참 많고 많다

하늘도 땅도 구름도 지나가는 바람도
나무와 풀도 멀리 보이는 산과 강도
나의 사랑하는 가족도
나를 바라보는 관객이다

인기 없고 알려지지 않은
처음에는 누구나 다 같이 관객 없이
쓸쓸하게 초라하게 시작하는 것이다

나의 무대의 처음 관객이
바로 나 자신이라는 것을 결코 잊지 마라

나의 처음 관객인 나를 실망시키지 마라

나의 인내로
나의 열정으로
나의 관객을 하나씩 만들어가는 것이다

어느 날 바로 눈앞에
수많은 관객이 가득 찬 곳에
서 있는 자신을 보게 될 것이다

그날을 위하여 오늘의 시련과
고난이 있는 것이다

흘러가는 세월 앞에

흘러가는 세월 앞에
강하게 살아남는 사람이 있을까

세상에서 홀로 잘난 듯이
아무리 대단한 듯이 큰소리치며
남을 함부로 비난하고 조롱하고
손가락질하고 저주를 퍼붓는 사람도
세월이 흘러가고 나이가 들어
홀로 떨어져 있으면 외로움만 남을 뿐
아무것도 아니다

남에게 악하게 살면
죽음이 다가올수록 더 쓸쓸하고
외롭고 초라할 뿐이다

자신이 살아온 삶에
스스로 면목이 없으면 초라할 뿐이다

흘러가는 세월 앞에

어느 날 한순간에 떠나갈 텐데
언제나 그 자리 지키고 있는 사람 있을까

어떠한 권력과 권세도 자리를 떠나면
허탈한 가슴에 쓸쓸함만 남을 뿐이다

이 세상 떠나는 날이 와도
다음 세대에 부끄럼이 없고
오늘이 후회 없는 삶이라면 아름다운 삶이다

터널

삶에는 갖가지
수많은 터널이 있다

절망의 터널
시련의 터널
고통의 터널
실패의 터널을 지나면
밝은 세상을 바라볼 수 있다

터널이 있다고
불안하거나
걱정할 필요는 없다

누구나 지나가야 할
터널이 있기 마련이다

삶에서 만나는 갖가지
터널은 처음에는 두렵고 힘들지만
지나고 나면 다시 찾아와도

한결 수월하게 지나간다

역경을, 터널을 거쳐왔기에
보람 있는 나날의
기쁨과 감동을 맛보고 살아갈 수 있다

희망은 늘 있어야지

들판의 잡초도 마음껏 자라나
꽃을 피우는데
사람이 되어 희망도 없이
넋을 놓고 산다면
얼마나 어리석고 초라한가

희망이 늘 살아 있어야지
점멸등처럼 꺼졌다 켜졌다 하면
꾸다 만 꿈처럼
이룰 힘을 잃는다

이름 모를 잡초도 푸른 하늘 아래
당당히 꽃을 피우는데
희망을 꽃피우고 당찬 마음으로
사람이 사람답게 살아가며
희망을 이루며 내일을 살아가자

입동

입동이 되자
겨울이 시작을 알리듯
불어오는 바람이 차다

쇼윈도에도 가을옷이
총총걸음으로 떠나가고
겨울옷을 마네킹이
벌써 입고 있다

입동이 지나면
가을의 모습은 꼬리를
감추기 시작하고
겨울은 맨얼굴을 내밀기 시작한다

섬

섬은
바다 한가운데서
버티며 잘 산다

외로워도
고독해도
쓸쓸해도
심심해도
언제나 그 자리 지키며
잘 살고 있다

내 사랑을 만난 것은

내 사랑을 만난 것은
이 넓은 세상에서
숨은그림찾기였다

어느 누가
내 사랑일까 궁금했다

처음 만나는 날
나는 내 사랑을 알았다

내 사랑과 함께 살아가니
참으로 행복하다

내 사랑은 세상 속의
숨은그림찾기였지만
내 사랑을 아주 잘 만났다
내 사랑을 아주 잘 찾았다

소나기

여름날 무더위에 지쳐
몸과 마음이 고달픈데
하늘 구름이 기분 좋게
온 세상 떠들썩하게
비를 한바탕 시원하게 쏟아냈다

온 세상이 떠내려갈 듯
쏟아지는 비에
무더위는 달아나고 기분도 상쾌하다

하늘 호통

세상이 무엇을 잘못해서
흐린 하늘에서 비가 쏟아져 내리고
번개와 천둥이 계속해서
호통을 치고 있을까

하늘이 금방이라도 찢어질 듯
하늘이 마치 두 동강이라도 날 듯
내리칠 때마다
두려움에 떠는 사람이 있다

절벽

막막한 삶의 절벽이 보일 때
아찔해 이걸 어찌해야 어떻게 해야
대처할 수 있을까

눈앞이 캄캄하고 주저앉아
통곡하고 싶도록 막연하고 답답해
수많은 생각이 주마등처럼 떠오른다

절벽이 너무 높을 때
절벽이 너무 가파를 때
그냥 포기할까 하는 생각이 파도처럼 밀려오고
두려움이 아주 검게 엄습해 온다

삶의 절벽은 삶 속에서
누구나 만나고 절망에 빠지기도 한다

절벽을 올라가는 사람도 있고
절벽을 뚫고 문을 만들어 나가는 사람도 있고
절벽을 돌아가는 사람도 있다

절벽을 통과하면 놀라운 체험과 경험 속에
삶은 한층 더 강해지고
삶은 한층 더 성숙해진다

내 곁으로 오세요

외로움이 온몸에 가득해
심장에 눈물이 차오르면
홀로 외로워하지 말고
내 곁으로 오세요

외로운 마음을 따뜻한 사랑으로 감싸드리고
외로운 마음을 포근한 사랑으로 안아드릴게요

외로움이 생각 속에 가득해
고독이 뼛속까지 파고들면
홀로 외로워하지 말고
내 곁으로 오세요

가슴이 따뜻해지는
다정다감한 이야기를 함께 나누면
어느 사이에 마음이 편안해지고
행복이 가득해 웃음이 터져 나올 거예요

외로워 홀로 몸부림치는 걸

보고만 있을 수 없어요
홀로 외로워하지 말고
내 곁으로 오세요

가을이 보고 싶다

가을이 보고 싶다
한없이 푸르고 푸르게 펼쳐진
가을 하늘이 보고 싶다

산과 들에 단풍이 아름답게 물든
가을 나무들이 보고 싶고
아름답게 열린 가을 열매가 보고 싶다

오색 단풍이 든 나뭇잎들이
붉게 물든 가을 호수가 보고 싶다

가을 단풍에 물든 물이 흘러가는
가을 강이 보고 싶다

가을의 푸른 하늘을 고스란히 담고 있는
가을 바다가 보고 싶다

가을이 보고 싶다
그대가 보고 싶다

가을 카페 창가에 앉아
갈색 낙엽이 녹아 있는
가을 커피를 함께 마시고 싶다

어쩌랴

너를 보면
자꾸만 흔들리는 내 마음을 어쩌랴
보면 볼수록
자꾸만 끌리는 내 마음을 어쩌랴

내 생각 속에서
가까이하고 싶은 내 생각을 어쩌랴
곁에 있고 싶어서
자꾸만 불러대는 내 생각을 어쩌랴

내 마음속에서
네가 좋다고 네가 좋다고
마음껏 표현하라고
자꾸만 외쳐대는 내 마음을 어쩌랴

내 심장이
네가 좋다고 네가 좋다고
너와 함께하라고
자꾸만 사랑하라는데 내 심장을 어쩌랴

사랑이란 열병

살면서 사랑이란 열병을
한 번도 앓지 않았다면
참으로 안타까운 일이다

누군가를 그리워하고 사랑하는 것은
얼마나 아름다운 일인가

사랑하는 사람을
만나고 싶어 그리워하며
마음에 열병이 드는 것은
얼마나 행복한 일인가

가슴이 뜨거워지는
그리움이 온몸에 가득해
달려가고 싶은 날이 있다면
사랑이란 얼마나
아름다운 것인가

살아가는 일이란

살아가는 일이란
때로는 가슴이 먹먹하고 아픈 일이다

할 수 없는 일
못다 한 말
갈 수 없는 곳
어찌할 수 없는 것들이
미치도록 괴롭힐 때가 있다

살아가는 일이란
한계를 느끼고
부족을 느끼고
나약을 느낄 때

초라하기만 하고
꼴 보기조차 싫어져
울부짖고 몸부림치며
소리를 지르고 싶을 때가 있다

살아가는 일이란
가끔 소소한 기쁨조차 없다면
살아갈 용기가 나질 않는다

살아가는 일이란
잔잔한 기쁨조차 찾아오지 않는다면
살아갈 힘이 나지 않는다

내 마음의 풍경 속에

내 마음의 풍경 속에
네가 나를 보며 살고 있다

사랑이란 이름으로
내 마음에 찾아와 자리 잡고
그리움 속에 떠나지 않는다

어느 하루도
너를 생각하지 않은 적이 없고

어느 하루도
너를 사랑하지 않은 적이 없다

내 마음의 풍경 속에
네가 나를 보고 웃고 있다

바람

바람의 손길이 얼마나 강하면
날마다 바위를 조각할까

바람도 길이 있어야 불어갈 수 있다
떠나는 길 알 수 없는
바람은 온 세상을 떠도는 떠돌이다

바람이 휘몰아쳐 지나가면
갈기갈기 찢어지는 줄 알았는데
새롭게 살아난다

바람은 과거를 휩쓸어 담고
뭐가 그렇게 바쁜지 뒤도 안 보고 달아난다

바람의 춤은 보이지 않고
흔든 것들이 춤추고
성질이 사나워 맞부딪치면 쓰러뜨린다

바람은 늘 탈출하려고 도망친다

하얀 눈길

추운 겨울
하얀 눈이 내려 만들어지는
하얀 눈길이
눈 안에 찾아오면 기분이 좋다

하얀 눈길이 손짓하고 있다
어서 걸어보라고
마음속에 행복이 찾아올 것이라고
나를 부르고 있다

걸을 때마다
소리가 나는 하얀 눈길을 걸으면
마음속에 즐거움이 모인다

사랑하는 사람과
하얀 눈길을 걸으면
넘어질까 조심하며 팔짱을 끼고
마음의 거리가 가까워진다

추운 겨울이면 하얀 눈이 내려
찾아오는 하얀 눈길이
사랑의 길을 만들어준다

호수

호수는
하늘을 닮아서
맑고 푸르다

작은 돌 하나만 던져도
동그라미
그려놓는다

호수에 배 한 척
띄워놓으면
멋진 그림이다

겨울 폭포

날카롭고 매서운 겨울바람에
쉴 사이 없이 줄기차게
쏟아져 내리던 폭포가
꽁꽁 얼어 빙벽이 되었다

힘차게 마구 쏟아져 내려
자유롭게 흘러가던 물들이
오도 가도 못하고
빙벽에 두껍게 갇혀버렸다

한겨울이면 빙벽 타기를 즐기는
사람들이 꽁꽁 언 빙벽을 타며
아마득한 겨울 폭포를 올라가는
즐거움에 환호성을 지른다

꽁꽁 언 겨울 폭포가
빙벽을 타는 사람들에게는
산을 올라가는 하나의 길이 되었다